AF332733

L'AMOUR

ET LE MARIAGE,

ÉPITRE A HORTENSE.

Semper habet lites alternaque Jurgia lectus
In quo nupta jacet.

JUVEN. Sat. VI, Lib. 2.

PAR AUGUSTE *****.

1815.

L'AMOUR ET LE MARIAGE,

ÉPITRE A HORTENSE.

Roi des sots et sujet des sages,
Le Préjugé, sous des noms différens,
Dans les états policés ou sauvages,
Régit l'opinion, dirige les suffrages,
Et règle les droits et les rangs :
Il se glisse, à la fois, dans nos goûts, nos usages,
Nos lois, nos mœurs et nos ouvrages.
Le mal affreux qu'il cause est partout répandu ;
Par celui qui pourrait en obtenir la cure,
Un service important et presque inattendu
Au genre humain serait rendu.
Ah ! que ne puis-je abattre avec une arme sûre
Les cent têtes de l'Hydre impure !
De mes faibles moyens je connais la mesure ;
De bien d'autres que moi les efforts n'ont tendu
Qu'à faire au monstre une simple blessure ;
Mais, puisqu'il veut nous faire injure,
Qu'il ose réputer pour du fruit défendu
Les innocens plaisirs que l'Amour nous procure,
Pour ton bonheur, pour ton repos, j'ai dû
Te prouver qu'aucune souillure
N'entache deux Amans qui n'ont pas attendu,

Pour obéir aux lois de la nature,
L'assentiment du Dieu morose et morfondu
　Dont nous avons encouru la censure ;
　Et ta raison m'est garante et m'assure
Qu'auprès de toi mon temps ne sera pas perdu.
　Tu jugeras que nous devions exclure,
De nos foyers, l'Hymen dont la triste encolure
　　Effarouche la Volupté,
　　Dont le bizarre caractère,
　　La ridicule gravité
　　N'ont presque point d'affinité
　　Avec les grâces de son frère,
　　La gaîté franche de son père
　　Et l'aménité de sa mère.
　　Ami courageux et sincère
　De la franchise et de la vérité,
　Je vais plus loin, Hortense, et je m'engage
　　A te démontrer en ce jour
　　Que le lien du Mariage
Est moins décent que celui de l'Amour.
On va se récrier contre ce paradoxe
　　Injurieux au sacrement ;
Mais un auteur peut bien n'être pas orthodoxe,
Et, toutefois, juger des choses sainement.
　　Dans les questions qu'il discute,
　　Pour combattre formellement

Les opinions qu'il réfute,
Il lui faut moins de foi que de raisonnement.
Qu'est-ce que l'Amour ? Une lutte
De la pudeur et du désir :
La vierge modeste est en butte
Aux divers sentimens qui viennent l'assaillir,
Et, réciproquement, paraissent concourir
A ménager, à préparer sa chute.
Redoutant de se voir trahir
Par l'émotion du plaisir,
La pauvre enfant blâme et réprouve
De son cœur le trouble croissant ;
Elle cache ce qu'elle éprouve,
Et déguise ce qu'elle sent.
Cent fois elle a, de l'amant qu'elle adore,
Repoussé le bras caressant ;
Il se jette à ses pieds, l'implore,
Lui peint en traits de feu l'ardeur qui le dévore ;
Il devient enfin si pressant
Qu'elle cède, et pourtant elle résiste encore.
C'en est fait. Jusqu'ici l'heureux couple enivré
Des vapeurs de la jouissance,
N'a connu que l'effervescence
Des transports amoureux auxquels il s'est livré :
Bientôt l'œil hagard, égaré,
L'Amante déplore en silence

Sa défaite, son imprudence,

La perte de son innocence;

Et l'Amant éperdu, tremblant, décoloré,

Se reproche, comme une offense,

Le plaisir qu'il a procuré.

Réprimant l'ardeur qui le guide,

Au sein de la victoire, embarrassé, confus,

Il hasarde un baiser timide

Que l'on combat par un refus;

Il insiste, la Belle oppose

Nouvel obstacle et nouvelles rigueurs,

Et ce n'est qu'en tremblant qu'il ose

Tenter de nouvelles faveurs.

Peut-on à ses désirs être long-temps rebelle ?

Presque toujours, en pareil cas,

On voit la vertu d'une Belle

Au doux plaisir céder le pas.

Voilà pourtant l'Amour que l'on censure;

Tandis qu'on nous prône l'Hymen !

Pour juger des deux et conclure,

De ce dernier faisons un examen.

Qu'est-ce que l'Hymen ? L'entrevue

Du cynisme et de la candeur,

L'oubli de toute retenue,

Et le terme de la pudeur.

La veille de son mariage,

La vierge ne doit rien savoir;
Baisser les yeux, rougir, c'est son devoir;
D'un mot à double sens elle doit prendre ombrage.
Deux hommes habillés de noir
A ses yeux s'offrent un beau soir;
L'un, d'un air patelin, prononce un verbiage
De quelques mots latins dont il fait étalage;
L'autre, en son protocole, a pris soin d'alligner
Un malencontreux griffonnage
Qu'il lit aux deux époux et qu'il leur fait signer,
Selon la forme, au bas de chaque page.
D'officieuses mains déjà, suivant l'usage,
Avec grand apparat, ont pris le soin d'orner
La chambre nuptiale où doit bientôt se rendre
Le couple heureux que l'on vient d'enchaîner,
De bénir et de sermonner.
C'est là que vainement la Belle veut défendre
Les modestes appas qu'elle voit profaner
Par un homme fougueux qu'elle connaît à peine,
Qui ne modère pas le désir qui l'entraîne,
Ni le pouvoir qu'on vient de lui donner.
La Pudeur a beau condamner
Cette attaque brusque et soudaine;
Peu formaliste, ennemi de la gêne,
L'Hymen sait mieux endoctriner
La nouvelle épousée et la déterminer,

En s'attachant à lui prôner
Les célestes plaisirs que son nœud légitime
Peut seul faire goûter sans remords et sans crime,
Qu'un sévère devoir lui défend d'ajourner,
Et la livre, sans plus attendre,
A l'époux qui, par un contrat,
Vient d'acquérir le droit immédiat
De n'être ni galant, ni délicat, ni tendre.
,Dans une·nuit que de chemin
A fait la jeune mariée ?
Quel changement prompt et soudain
S'opére dès le lendemain
Chez la nouvelle initiée ?
Son regard est ferme, assuré,
Son air libre et délibéré ;
Sur l'état de son cœur on ne peut se méprendre ;
Elle sait tout, et peut, dès ce moment ;
Découvrir, sans ménagement,
Le secret qu'elle vient d'apprendre.
Ne composant plus son maintien,
Notre épouse a perdu l'aimable modestie,
Dont les lois jusqu'alors l'avaient assujettie ;
Et, grâce au commode lien
Qui désormais lui sert de garantie,
Elle va provoquer son mari devant nous ;
Aux formalistes, aux jaloux

Elle dira : C'est mon époux ;
Ce sont mes droits. Ces mots n'ont point de repartie.
Tu vois bien que l'Hymen que l'on dit si décent,
A ses élus, ma chère HORTENSE,
Ne commande pas la décence.
Pour le prouver jusques à l'évidence,
Je n'aurais qu'à t'offrir le tableau repoussant
Qu'à mes yeux indignés présente l'alliance
De la décrépitude et de l'adolescence.
L'or à la main s'avance un vieillard sans pudeur,
Il marchande, avec assurance,
Un modèle accompli de grâces, de fraîcheur,
D'ingénuité, d'innocence.
Entre le bonhomme édenté,
Aux yeux éteints, au dos voûté,
Et le charmant objet de sa concupiscence,
Quel contraste frappant ! quelle disparité !
Mais de tout autre don la richesse dispense.
Un père avare, insensible, entêté,
Sans la moindre difficulté,
Va livrer la jeunesse à la caducité,
Et les trésors de la Beauté
Aux vains désirs de l'impuissance.
Le ridicule et l'immoralité
Président à cette hyménée,
Dont l'apanage est la stérilité.

A la victime infortunée

Qui vient de se voir enchaînée

Par un lien précipité,

De bonne foi, peut-on prescrire

Une exacte fidélité ?

A ses propres dépens si le barbon fait rire,

Ne l'aura-t-il pas mérité ?

L'Amour ne vit qu'autant qu'il craint ou qu'il désire ;

Il se soutient ainsi chez les amans ;

Privé de ses seuls alimens,

Entre les époux il expire.

Un Musulman ne connaît point l'Amour ;

Il n'a qu'un geste à faire, un mot à dire,

Pour que vingt tendrons, tour à tour,

Lui viennent à l'instant prodiguer leurs caresses,

Qu'il reçoit fort nonchalamment.

Éprouve-t-il en ce moment

Les délices du sentiment

Et les douceurs enchanteresses

Dont jouit un cœur tendre, aimant,

Près de l'objet qui l'intéresse ?

Non sans doute ; et cela peut-il être autrement ?

Dans son sérail, il a des femmes seulement,

Et pas une seule maîtresse.

Dans l'abandon et dans le dévoûment

Des nombreuses Beautés qu'il tient dans l'esclavage,

Je n'aperçois qu'un tribut, qu'un hommage
Qu'on vient lui rendre à son commandement.
 L'Amour veut avoir constamment
 La liberté pour apanage.
Le Turc se trouve invariablement
 Dans un état de mariage :
 Il est toujours époux ; comment
 Pourrait-il jamais être amant ?
L'Amour jouit à l'ombre du mystère
 Des douces faveurs qu'il reçoit ;
Comme un impôt, l'Hymen les prescrit, les perçoit ;
 Et, loin de chercher à les taire,
 Il prétend, par son caractère,
Sur ce point, de tout dire avoir acquis le droit.
 L'Amour craint de laisser connaître
Ses sentimens tendres et délicats ;
 L'Hymen cherche à faire paraître
 Même ceux qu'il n'éprouve pas :
 L'un, fidèle à la bienséance,
Cache, devant témoins, ses vœux et ses désirs ;
 L'autre affiche avec indécence
 Ses froids et faciles plaisirs.
Le tombeau de l'Amour est dans le Mariage ;
Un proverbe le dit, et ce proverbe est sage :
 Car, se voir par nécessité,
 Se supporter par tolérance,

Se fuir par sensualité,

Se rapprocher par convenance,

S'épier par méchanceté,

Se caresser par exigeance ;

Avoir une propriété

Qui vous oblige à résidence,

D'où l'on voit fuir la volupté,

Le plaisir et l'indépendance,

Le bonheur et l'intelligence,

La confiance et la gaîté ;

Où l'on est bientôt escorté

Par la jalouse méfiance,

L'insipide uniformité,

La fâcheuse importunité

Et la triste satiété ;

Perdre enfin, sans équivalence,

Le repos et la liberté....

Voilà bien l'Hymen en substance.

Votre muse, malin censeur,

En vain contre l'Hymen fait rage.

Convenez, indiscret auteur,

(Me dira-t-on), qu'il est plus d'un ménage

Où l'on goûte la paix, le calme et le bonheur ;

Qu'il est nombre de gens, modèles de notre âge,

Qui, n'écoutant que la voix de l'honneur,

Ne font jamais aucun outrage

Au sacrement du Mariage ,

Et, dans le nœud qui les engage ,

Savent concilier leur goût et leur devoir.

De vous, au moins, ils devraient recevoir

La justice qui leur est due.

Soit. Cette objection ne peut me décevoir.

On ne doit point se prévaloir

Contre une vérité qu'on a trop reconnue,

D'une exception prétendue ,

Qui, sans effort, peut être combattue.

En effet, on croirait la voir

Chez ces époux que leur comptoir ,

Leur atelier ou leur charrue

Occupent constamment du matin jusqu'au soir ,

Et que, précisément, à l'heure convenue,

Un instinct machinal conduit ,

Pour aller retrouver leur moitié saugrenue ,

Comme leur chambre ou leur bonnet de nuit.

Mais faut-il que l'on argumente

D'une habitude indifférente,

D'une apathie insouciante,

Qu'un sentiment durable et vif,

Qu'un attachement exclusif

Règnent dans leur âme indolente ?

Grâce à l'Hymen, à ses tristes pavots,

Dans leurs sens engourdis la volupté sommeille ,

Adieu les sermens conjugaux,
Si l'occasion la réveille.
Un casuiste, avec facilité,
Contre mes argumens peut tirer avantage
De l'importance et de l'utilité
Des nœuds sacrés du Mariage,
Pour le bien général de la société,
Pour assurer l'état, la légitimité
Des enfans nés ou devant naître.
Je cède à ces raisons, je ne les combats point.
Mon plan n'est pas de toucher à ce point,
D'attaquer, ni de méconnaître
Le jugement de nos législateurs.
J'ai voulu seulement démontrer, chère HORTENSE,
Que l'Hymen, n'en déplaise à ses instituteurs,
Loin de les épurer, change, corrompt les mœurs,
Et suit moins que l'Amour les lois de la décence.
On trouvera, je le prévois d'avance,
Mon dernier trait hasardé, révoltant
Et subversif de la morale ;
Mais il n'est que trop vrai pourtant.
Lorsque la couche nuptiale
A rendu deux époux maussades, engourdis,
Ennuyés, bourrus, alourdis ;
Ils ont, séparément, une manière égale
De rentrer tous les deux dans leur premier état :

Mais c'est par un double attentat
Contre l'union conjugale.
L'époux ne redevient galant et délicat
Qu'auprès d'une Beauté nouvelle;
Et la femme ne peut recouvrer sa pudeur,
Ni perdre la molle tiédeur
Que l'Hymen a fait naître en elle,
Qu'en lui devenant infidèle.

FIN.

DE L'IMPRIMERIE DE LEBLANC.